Ute Woltron

Garten fieber

Aus dem Leben eines Gartenfans

AGRARVERLAG

Warten auf die Amsel

Es gibt alljährlich einen Moment im Leben aller Gartenbesitzer, der an Köstlichkeit kaum zu überbieten ist: Irgendwann, meistens passiert es so gegen Ende Februar, liegt man frühmorgens im Bett und weiß plötzlich, dass jetzt alles anders wird, dass der Frühling unaufhaltsam ist und der kommende Sommer sich wie ein großes, hitzeflirrendes Kornfeld bis weit hinter den Horizont erstreckt.

Sie hat neben einem grünen auch einen schwarzen Daumen

Zumindest hätte man das der Ute Woltron früher nachgesagt, als zum Journalistenberuf noch die Druckerschwärze und das Kohlepapier gehörten. Sie hätte sich die Finger schmutzig gemacht mit Bürstenabzügen und Durchschlägen.
Als sie zu schreiben begann, da waren diese Paraphernalien der Zunft allerdings schon auf dem Müllhaufen der Technikgeschichte gelandet. Doch ihre Finger hat sie dennoch nicht geschont. Nicht, als es ums Recherchieren ging und auch nicht beim Schreiben selbst – wer im Wirtschaftsmagazin „trend" in dessen besten Zeiten blättert, in späteren Nummern des „profil" und schließlich im „Standard", sieht, wie produktiv sie getippt hat.
Ihre Geschichten fielen schon auf, da war ihr Name noch kein Begriff. Da lernten die Leser erst langsam, dass sie neben exzellenten Wirtschaftsreportagen und Porträts, die trafen, ohne zu verletzen, auch fundiert über Architektur schreiben konnte.
Und nun der grüne Daumen. Auch der sollte niemanden überraschen, der sie kennt. Einen Hang zum Praktischen hatte sie wohl immer schon. Ihre Sehnsucht nach Pflanzen wollte sie auch in der Großstadt nicht verleugnen. Und der Umzug zurück zu den Wurzeln in jedem Sinn des Wortes, aufs Land, hat es ihr erleichtert, die beiden Däumchen zu nutzen, wieder anzupacken. Das Praktische mit dem Intelligenten zu verbinden, die Natur nicht zu mythologisieren, den Leser nicht zu fadisieren. So zu schreiben, dass der Garten zur Leselust wird.

Michael Freund, Leiter des Standard-Album

Diese befriedigende Gewissheit hat einen besonderen, süßen Klang: Draußen singt in völliger Finsternis und bei winterlicher Kälte die erste Amsel. Richtig weihevoll kann einem dabei werden.
Der Amselgesang ist der untrügliche Vorbote der Gartensaison.
Er war es schon vor ewigen Zeiten und er wird es noch sein, wenn die gärtnerischen Bemühungen unsereiner längst überwuchert und anderem gewichen sind. So gesehen sind wir alle eigentlich nur Gäste in unseren Gärten. Die Pflanzen, um die wir uns so bemühen, gab es immer schon und es wird sie auch weiterhin geben, wenn wir alle nicht mehr da sind. Was sich ändert, sind die Gärtner, und jeder Pflanzenliebhaber wählt seinen eigenen, ganz persönlichen Pfad durch den herrlichen Dschungel der Artenvielfalt, den die Natur zu bieten hat.

Die Mizzi, zum Beispiel, eine Gärtnerin von Leidenschaft, war vor zwanzig Jahren schon so jung und alt, wie sie heute ist, und ihr Garten war damals wie heute eine atemberaubende Pracht. Wer bei Mizzis Gärtchen in der Ternitzer Döpplingerstraße vorbeikommt, der bleibt stehen, schaut und genießt. Hier wächst alles bunt und üppig durcheinander, zwischen den Rosen wuchert der Rittersporn, neben den Paradeisern wachsen fette Kohlrabi, rundherum alles voller Ringelblumen, Kohlsprossen, Dahlien, Stachel-, Brom- und Heidelbeeren. Nichts, was es in Mizzis Kleinparadeis nicht gäbe, doch wenn man sie fragt: „Mizzi, wie machst du das eigentlich? Warum wuchert bei dir, was bei mir mager und bleich dahinsiecht und irgendwann verdirbt?" Dann sagt sie: „Na ja, es ist ja nix dabei. Ein bisschen Zupfen, ein bisschen Gießen, der Rest kommt dann schon von allein."

Ganz so einfach ist es natürlich nicht. In diesem alten schönen Garten gedeiht das Wissen vieler Generationen, das sich wie selbstverständlich fortgepflanzt hat.
Es ist mit der Mizzi sozusagen mitgewachsen, und mit ihrem Instinkt, welches Grünzeug sich an welcher Stelle und bei welcher Pflege wohl fühlt, kann kein noch so klug gemachtes Gartenbuch mithalten.
Von vielen Pflanzen, vor allem von in der Gegend zusammengehamsterten Blühern, kennt die passionierte Gartenhexe nicht einmal den Namen, doch welche Erde, wie viel Sonne, wie viel Wasser sie brauchen, wie man sie vermehrt und einwintert, das kann sie ganz genau sagen.
„Da hast ein paar Samen“, meint sie, „gib sie in sandige Erde an einer trockenen, sonnigen Stelle, die Blumen kommen dann alle Jahr wieder.“ Stimmt. Irgendein mir namentlich unbekanntes, ausgesprochen hübsch orange blühendes Staudenkraut ziert seither meinen Vorgarten. Wenn mich wer nach Ablegern fragt, reiße ich lässig ein paar Samenhülsen ab und sage: „Da hast … sandige Erde – und geht schon …“

■■■ *Wenn mich wer nach Ablegern fragt, reiße ich lässig ein paar Samenhülsen ab und sage: „Da hast … sandige Erde – und geht schon …“*

Vögel haben in Mizzis Gefilden übrigens Vorrang: Fast jedes Jahr hängt während des Frühsommers ein Schild am Briefkasten mit der Bitte, nichts einzuwerfen, weil drinnen gerade eine Meise brütet.

Susanne und Wolfgang sind im Gegensatz zur Mizzi Stadtfräcke und erst in mittelalterlichen Lebensabschnitten aufs Land und in einen eigenen Garten gezogen. Der wurde von den Vorbesitzern auf einem Weingartenhang über Stetten angelegt. Er ist groß und mit Wegen, Terrassen, Bächlein und Teich schön strukturiert, gut bepflanzt und aufwändig zu pflegen.
Die Erkenntnis, dass ein Garten nicht nur zum lustvollen Durchwandeln da ist, sondern ständig gehätschelt und lieb gehabt werden will, kam schon im ersten Frühling, als sich der Giersch, anfangs für ein zierliches Pflänzchen gehalten, als ausgesprochen flächendeckender Blumenmörder erwies.

■■■ *„Ich weiß, dass es das eigentlich nicht gibt. Aber ich schwöre, ich habe gestern einen Kolibri gesehen."*

Doch wie bewirtschaftet man ein paar Tausend Quadratmeter Park, wenn man Unkraut von Zier- und Nutzpflänzchen eigentlich noch nicht so recht unterscheiden kann? Auch ganz einfach: Man liest und lernt und experimentiert, surft im Internet und kauft sich in England Samen – und man gewinnt und verliert.

Wer mehrere meterhohe Fachbuchstapel durchgeackert hat, weiß die unglaublichsten Dinge über Herkunft und Verwandtschaft der verschiedensten Blumenarten zu erzählen und kennt sie fast alle beim lateinischen Namen. Die Schwierigkeit besteht darin, den Zusammenhang mit den tatsächlich im Garten wachsenden, den leibhaftigen Pflanzen herzustellen, und das kann nirgendwo gelesen, sondern nur erfahren werden.

Riesenhafte und viel versprechende Blattrosetten erwiesen sich gelegentlich nach Monaten der Hoffnung und Pflege als Unkräuter, vernachlässigte Unscheinbarkeiten entwickelten sich dafür zu fast zwei Meter hohen Stockrosenschönheiten.

„Magst kosten?", fragt Susi und knipst eine Kapuzinerkresseblüte ab. Schmeckt genauso gut wie die Brunnenkresse, die am Rande von Mizzis Gartenteich wächst.

Auch Viecherln entdecken Ex-Städter in Gärten plötzlich, von denen sie nicht einmal wussten, dass sie irgendwo kreuchen und fleuchen.

■■■ *„Abgehaust habts ihr, völlig abgehaust! Ein kostbarer Acker als Obstgarten, was für ein Verlust."*

„Ich weiß", sagt Susi eines lauen Sommerabends versonnen, „dass es das eigentlich nicht gibt. Aber ich schwöre, ich habe gestern einen Kolibri gesehen."

Eigentlich hat sie recht: Der Kolibri unserer Breiten ist kein Vogel, sondern ein Schwärmer, heißt Taubenschwanz und saugt schwirrend und in der Luft stehend Nektar aus Lippenblüten. Er tut es am liebsten in der Dämmerung, also zu der Zeit, in der die Amsel gerade wieder zu singen beginnt.

In unserem Garten nisten die schwarzen Meistersinger am liebsten in der dichten gemischten Hecke am Rande des Obstgartens.

Der war einmal Krautacker gewesen, und als mein Großvater vor vielen Jahren hier Bäume zu setzen begann, kam die Urgroßmutter stockschwingend den Roa heraufgekeucht und beschwerte sich über die Unvernunft, ja Blödheit ihrer nichtsnutzigen Erben:

„Abgehaust habts ihr, völlig abgehaust! Ein kostbarer Acker als

Obstgarten, was für ein Verlust."
Heute fährt der alte Acker halt andere, süße Ernte ein. Die Früchte der Williamsbirne zum Beispiel, die der Großvater selbst veredelt hat, sind ein Genuss, und die Misperln fressen im Herbst nach dem ersten Frost beileibe nicht nur die Vögel.

Ob in alten oder neuen Gärten, ob von Fexen, Lehrlingen oder Meistern gepflegt: Jetzt geht es draußen zum Glück bald wieder los, und wie die Amsel mit ihrem Gesang die Reviere aufzuteilen beginnt, so schälen sich jetzt auch die Gartenmenschen aus ihrem Winterschlaf und stecken die jeweiligen Ziele für ihre Grünreviere ab.
Die einen ziehen Exoten in Zimmerglashäusern vor, die anderen studieren die widerstandsfähigsten Paradeisersorten, man gustiert und freut sich und weiß: Es wird ein langer, schöner Sommer.

Würmerstehlen und Rossäpfelernten

Die Zeiten, in denen meine Großmutter mit Handschuh und Sack ausgerüstet die Wälder durchstreifte, um da und dort Rossäpfel zu ernten, sind Vergangenheit. Wie schade. Heute verrottet diese köstliche Gabe der Natur – zumindest auf den ehemaligen großmütterlichen Spazierwegen rund um Flatz und Sankt Lorenzen – ungenutzt.

Vor allem im Mistbeet hatte das Pferdeverdauungsprodukt seinerzeit Wunder gewirkt. Großmutters Maikönig war Salatkaiser, der Hofstaat, nämlich wir, fraß schon im Frühjahr Vitamine, was das Zeug hielt.
Was allerdings das der Ernte vorangehende Prozedere der Durchmengung mit Kompost und anderen Verdünnungsmitteln anbelangte, ganz zu schweigen von den verschiedenen Philosophien betreffend Verrottungsgrad und Erdschichtung, kurz, was die gärtnerische Aufbereitung des in jedem Fall über die Maßen sorgfältig behandelten Mistes betraf, herrschte stets Uneinigkeit in der Familie.
Die jüngeren Generationen zogen immer wieder neumodisches Wissen aus modernen Gartenbüchern, wollten etwa mit Beschleunigungsmitteln arbeiten und mischten sich jedenfalls ständig besserwisserisch ein. Die Großmutter wiederum machte dafür kein Hehl aus ihrer Verachtung jeglichen Gartenreformdenkens, alles schaukelte sich im Frühjahr regelmäßig zu fast schon kritischen Situationen auf, doch zum Glück gab es ohnehin stets mehrere Beete, auch genug interne Spionage, und damit war eine Art fruchtbaren Gemüsezuchtwettbewerbs eröffnet.

■■■ *Es war großartig im Amt des Schiedsrichters zu sein und Gurken, Erbsen, Paradeiser und Karotten-Allerlei dauerverkosten zu dürfen.*

Wir Kinder mochten ihn sehr. Es war großartig im Amt des Schiedsrichters zu sein und Gurken, Erbsen, Paradeiser und Karotten-Allerlei dauerverkosten zu dürfen.
Das Erdemachen und Erdeveredeln war selbstverständlich die Voraussetzung dafür, quasi die Wurzel jedes Gemüsesieges, und überhaupt immer schon eine der heikelsten und persönlichsten

Gärtnerfragen. Jetzt oder nie muss sie auch für diese Saison im Gemüsebeet beantwortet werden. Wer zum Beispiel verabsäumt hat, die hilfreichen Kräfte ordentlicher Fröste in Sachen Erdeverfeinern durch Auffrieren in Anspruch zu nehmen, ist selber schuld und muss jetzt mit der Fräse oder dem Sauzahn Schwerstarbeit erledigen.
Wer im Herbst seinen Kompost nicht durchgeworfen hat, der tut das ebenfalls jetzt und ist neugierig, ob noch Würmer an der Arbeit sind oder ob der segensreiche Prozess des Verrottens bereits abgeschlossen ist.
Wobei einzuwenden ist, dass halb verrotteter Mist doch auch seine Anwendungsgebiete hat – aber ich schweife bereits vom eigentlichen Thema ab.

■■■ *Wie viele Wurmgenerationen allein auf unserem Grundstück die Haufen in Kübeln und Säcken gewechselt haben, bleibt im Dunkeln.*

Zurück zu den Würmern: Woher nehmen, wenn, im frisch aufgesetzten Haufen, noch zu wenige am Erdemachen arbeiten? Unsere familieninterne Antwort darauf war stets ganz einfach: Stehlen!
Wie viele Wurmgenerationen allein auf unserem Grundstück die Haufen in Kübeln und Säcken gewechselt haben, oft frühmorgens oder spätabends, bleibt im Dunkeln. Es wurden sogar Versuche in der angeblich recht simplen Wurmzucht unternommen, die allerdings mit dem Ableben der guten Tiere endeten, obwohl man ihnen von Wurmzüchtern angepriesene vermeintliche Leckerbissen wie Kaffeesud und anderes angeboten hatte.
Wie auch immer, der Wurm fühlt sich bei uns in den diversen Misthaufen immer noch am wohlsten.

Nach dem Pferd und dem Gewürm gab es stets noch ein drittes Tier, dem man gartenerdemäßig stets sehr zugetan war, nämlich den Maulwurf. Jawohl! Sie lesen richtig, es handelt sich tatsächlich um das allerorten verpönte, rasenzerstörende – im Übrigen beim Lichte des Tages entzückend anzuschauende – Wühlgetier. Die Gunst wird allerdings nach dem angewandten Floriani-Prinzip verteilt: Der Maulwurf darf überall wühlen, nur nicht bei uns, er darf allerorten die fettesten Haufen aufwerfen, damit sie – natürlich von Feinspitzen wie uns – mit Schaufeln begierig geerntet werden können.

Maulwurfshügelerde ist unvergleichlich, sie ist fein und saftig und eine Wohltat für jedes Gemüse- und Blumenbeet. Und sie ist meistens sehr fruchtbar, weil der Maulwurf bevorzugt in sattem Erdreich wühlt, wo er Engerlinge, Drahtwürmer und Schnecken frisst. Dass er darüber hinaus auch Wühlmäuse vertilgt, sollte ihm zusätzliche Sympathien aller Gärtner eintragen.
Wer ihn dennoch aus seinem eigenen Garten vertreiben will, der bekommt vom alten Gärtnermeister Anton Eipeldauer die durchaus schrullige Anleitung dazu: „Nehmen Sie eine Stichschaufel und stellen Sie sich etwa um halb sechs Uhr früh, um halb neun und dann alle drei Stunden dort auf, wo er zuletzt gegraben hat.
Sie müssen sich aber hinter dem letzten Hügel so aufstellen, dass Sie den Zugang des Maulwurfs, gewissermaßen seinen Laufgraben, hinter sich

■■■ *Der Garten glich zwischendurch brodelnden Hexenküchen – und es stank ganz außerordentlich.*

haben. Sachte auftreten und dann ruhig stehen bleiben. Wenn er zu graben beginnt, Erde auswirft, dann rasch die Schaufel in den Boden stoßen, und zwar so, dass dem Maulwurf der Rückweg verlegt wird, und dann gleich die Erde herauswerfen."
Zusammen mit dem Tier, versteht sich.

Die erfahrungsgemäß beste Gemüsebeeterde muss übrigens nicht unbedingt ganz frei von kleineren bis sogar mittelgroßen Steinen sein. Im Gegenteil. Die Steine sind das Salz der Erde. Sie halten den Boden unter Umständen sogar etwas lockerer und haben in raueren Gefilden einen bestechenden Vorteil: Sie speichern Wärme. Manche Gärtner legen sogar flachere Steine rund um die Gemüsepflanzen auf, um sowohl Wärme als auch Feuchtigkeit im Boden zu halten.

Großmutter hielt davon zwar nicht viel, sie warf lieber regelmäßig und mit kräftigen Schwüngen die Erde mit schwerem Schaufelgerät durch das Standsieb.
Später im Sommer schritt man dann daran, spezielle nährende sowie Unkraut vertreibende Kräuterbrühen in diversen Bottichen und Gefäßen aufzusetzen. Der Garten glich zwischendurch brodelnden Hexenküchen – und es stank ganz außerordentlich.
Hier erwies sich die Lektüre von klugen Büchern zum Thema als ausgesprochen hilfreich und generationenverbindend: Als jemand aus der Sippe herausgefunden hatte, dass Holzasche den Geruch

vorzüglich bindet, befleißigte sich selbst die Großmutter dieses Mittels. Was die Rezepturen und Mischungsverhältnisse von Schachtelhalmen und Brennnesseln und anderen Jaucheproduzenten betrifft, so gehen die Meinungen heute noch auseinander, was aber nichts macht.
Sie wirken alle, irgendwie.
Warum allerdings meine Tante rund um ihren Kaffeetrink- und Tratschplatz immer einen derartig prächtigen und üppigen Topfgartenkosmos zu ziehen imstande war, darüber herrschte jahre-, ja jahrzehntelang eifersüchtiges Rätselraten bei Gast und Clanmitglied.
Irgendwann, in einer redseligen Stunde, als bereits geistreichere Getränke den Kaffee abgelöst hatten, ward ihre Zunge gelöst und das Geheimnis offenbar. Ich bin nicht sicher, ob ich an dieser Stelle wirklich ins Detail gehen sollte. Nur so viel: Sie verwendete menschlichen Flüssigdünger. Marke Eigenbau. An lauen Sommertagen im Kübel hinter dem Haus gut verborgen aufgefangen. Selbstverständlich stark verdünnt. Was soll man sagen, der Erfolg gab ihr Recht. So was von Blumen ward seit ihrem seligen Ende in der gesamten Sippschaft nicht mehr zu sehen.

Der Teufel hat zwei Hörner

Irgendwann in den frühen 70er-Jahren war es so weit. Unsere Nachbarin, die Frau Glatzl, richtete sich vom Krauthappelhaindeln auf, deutete hinunter in Richtung breite Senke, die man schon vor langer Zeit völlig zu Recht das Steinfeld genannt hatte, und sagte zu meiner ebenfalls haindelnden Großmutter auf der anderen Seite des Gartenzaunes: „Sie san scho hinterm Bahndamm. Es dauert nimma lang und sie san do."

■■■ Unser Krautgarten
Schneckenglänzend liegt
er im böhmischen Wind
H. C. Artmann

Den Teufel malte sie damit an die Wand, und der Teufel erschien auch bald in unseren mageren Trockengefilden. Langsam und beständig und unaufhaltsam kroch er daher, feuerrot, gehörnt und unbarmherzig, und von einer Gefräßigkeit, die unseres Kinder-Salatappetits Hohn spottete: Es kam in diesem Sommer die Rote Wegschnecke über uns, und das erschütterte selbst Menschen wie die Frau Glatzl. Wir waren sehr beeindruckt. Hatte sie doch noch den Kaiser erlebt und zwei Weltkriege, und war, hochaufgeschossen, dürr und selten ohne Buckelkorb ihrer Wege gehend, eine steinalte Bäuerin geworden, die jede Gartenhexerei beherrschte, die schönsten Krauthappeln und vor allem Zwiebeln im Bezirk zog und die von einer derart reschen Strenge war, dass wir ihr lieber aus dem Weg zu gehen pflegten. Wir waren sehr aufgeregt, denn etwas, das selbst die alte Glatzlin zu beunruhigen imstande war, musste das personifizierte Grauen hochselbst sein.

Der Sommer war, soweit ich mich entsinne, feucht und warm zugleich, die Schnecken kamen und gediehen, sie vermehrten sich mit höllischer Geschwindigkeit, fraßen sich satt in der Nacht und verkrochen sich untertags, und sie kehrten nie mehr dorthin zurück, woher sie gekommen waren. Frau Glatzl, eine fromme Seele, die an keinem Sonntag die heilige Messe versäumte, begann unflätige Flüche auf den Lippen zu tragen. Man beschloss, ob Gottes Kreatur oder nicht, diesen schleimigen Beelzebub auszutreiben, sei es auch mittels der Todsünde des Mordes. Die Besitzer der umliegenden Gärten begannen sich untereinander in den verschiedensten Meuchelmethoden auszutauschen und angesichts des gemeinsamen Feindes nachgerade zu verbrüdern, und diesem ersten Schneckenkreuzzug verdanken wir viel, denn obwohl das völlige Vernichten und Ausrotten misslang, so stehen uns gärtnerischen Nachfahren heute doch mannigfaltige erprobte Mittel zur Verfügung, wie dem Untier zu Leibe zu rücken sei – vor allem aber, ehrlich gesagt, das Vorbild derer, die alle christlichen Hemmungen verloren.

Die unappetitlichste Methode entwickelte der brachial veranlagte Onkel, der frühmorgens hasserfüllt große Bottiche voll kochend heißen Wassers durch seinen devastierten Blumengarten schleppte und die Viecher kurzerhand in der heißen Brühe ersäufte.
Mir schien das schon als Kind eine grausame Methode, ebenso wie das Gegenmittel, das die Urgroßmutter ein paar hundert Meter weiter ersann: Sie befestigte am Ende eines langen Stocks die in den 70er-Jahren gerade modisch gewordenen Bratenspießchen, denen man neckisch die Form kleiner Schwerter gegeben hatte, und erstach damit nächtens und mit der Taschenlampe ausgerüstet die Biester.
Eines nach dem anderen spießte sie die sich krümmenden roten Leiber zu einem gräulich unappetitlichen Grillstäbchenarrangement auf, um die Leichen schließlich auf dem Misthaufen aufzubahren.
Die Überlebenden, so behauptete sie, würden sich bald daran gütlich tun und dienten posthum somit quasi als Lockmittel für weitere Opfer am Morgen. Bevor sie auf diese Methode verfallen war, hatte man ihr

gesagt, dass auch heftiges Salzen den Tieren schade, doch beim Anblick der schäumenden, sich windenden Tiere hatte selbst sie Erbarmen gezeigt und ihre Methoden raffiniert. So voller Abscheu die Erwachsenen auch waren, uns Kindern, die wir noch keine Salatpflänzchen- und Lilienkulturen zu verteidigen hatten, grauste eigentlich nicht vor den Viechern. Im Gegenteil, wer die größte Schnecke fand, war Schneckenkönig, und die Lieblichkeit der Wellenbewegungen, mit denen sich die Mollusken bäuchlings fortbewegen, wurde auf Glasplatten sichtbar und zu einem Wunder der Natur gemacht. „Das können die Weinbergschnecken auch“, geiferten die Gärtner, „und gegen diese weit edleren Tiere haben wir rein gar nichts.“

■■■ *Vielleicht ist es nur eine subjektive, etwa gar urkatholische Wahrnehmung, dass die züchtig und hübsch bekleideten Weinberg- und Schnirkelschnecken in den Gärten weniger Unheil anrichten als ihre nackten Verwandten.*

Vielleicht ist es nur eine subjektive, etwa gar urkatholische Wahrnehmung, dass die züchtig und hübsch bekleideten Weinberg- und Schnirkelschnecken in den Gärten weniger Unheil anrichten als ihre nackten Verwandten. Wie auch immer – heutzutage ist einiges, aber nicht vieles im Garten anders geworden. Vor allem hat völlig sinnloserweise viel zu viel Chemie Einzug gehalten, gegen Pilzkrankheiten etwa oder gegen Lausbefall, gegen die nun wirklich genug Kräuter gewachsen sind, aber bitte. Und außerdem hat man mit dem Schneckenkorn ein Mittel entwickelt, das todsicher wirkt, die Sache vereinfacht und trotzdem unbedingt abzulehnen ist. Denn mit den praktischen Körnern vernichtet man nicht nur den Schneck, sondern auch seinen

wackersten Vertilger, nämlich den Igel (angeblich auch die Spitzmaus). Wer einmal eines dieser netten Stacheltiere, dem man heimlich beim Milchschlürfen zugehört und das man schon fast gezähmt hatte, verendet unter den Ribiseln fand, wird nie wieder zum Schneckenkorn greifen. Außerdem gibt es noch andere probate Methoden, seine Saat gezielt vor den rot gehörnten Teufeln zu schützen.

Vortrefflich eignet sich zum Beispiel ein Bannring aus Holzasche rund um die heiligen Pflänzchen. Der wirkt allerdings nur bis zum nächsten Regen oder bis zu einer Nacht mit starkem Tau, denn sobald die Asche durchnässt ist, wird sie erbarmungslos überkrochen. Hundertfach. Außerdem verabscheut die Schnecke – angeblich – verschiedene Pflanzen, wie etwa die Kapuzinerkresse. Aber ehrlich gesagt – und allen guten Ratschlägen in alternativen, offenbar von Buddhisten verfassten Gartenratgebern zum Trotz – so richtig wirksam sind diese Mittel alle miteinander nicht. Ein paar Schnecken haben dem Garten zwar noch nie wirklich wehgetan, was allerdings schmerzt, ist die Masse, und frei nach Sun-Tsu kann auch dieses Heer nur wirklich bekämpft werden, indem man seine Feinde wie die Igel stärkt. Für Laubhaufen und andere Rückzugsorte sollte also wirklich in jedem Gärtchen Platz sein. Wenn aber alles nichts nützt und wenn das große rote Heer in seiner langsamen Beständigkeit wieder anrückt, was vor allem nach milden Wintern und in regenreichen Sommern alle paar Jahre der Fall ist, erwacht in mir angesichts verstümmelter Lilien und vernichteter Salatplantagen eine fast erschütternde Mordlust.

Ich zögere nicht zuzugeben, dass ich sie auslebe, und zwar jeden Morgen, so zwischen fünf und sechs, wenn das große Fressen seinen Höhepunkt erreicht und ich schon im Bett im Zustand halb wachen Dämmerschlafes draußen vor der Tür ein stetiges, schleimiges Malmen zu vernehmen meine. Dann schrecke ich auf, greife zu den Waffen und räche mich. Meine Hinrichtungsmethode ist das Schafott in Form einer eigens für diesen Zweck angeschafften, ausgesprochen scharfen Gartenschere, mit der ich rasch und hoffentlich schmerzlos zuzwicke. Der Rekord liegt bei 57 Stück allein in einem einzigen schmächtigen Blumenbeet, in dem noch am Abend zuvor eine üppige Masse prachtvoller Lilien viel versprechende Blütenknospen auszureifen im Begriff gewesen war. Für meine Igel, ich schwöre es, blieben noch genug rote Teufel am Leben. So fett wie in diesen Jahren sind sie sonst nie und keiner vergönnt es ihnen mehr als ich.

Die Rose ist ein Anarchist

Stellen Sie sich einen großen Garten vor, mit Treppen, Natursteinmauern und Terrassen strukturiert, in einen Südhang gesetzt. Einen alten Garten, der einmal schön und üppig mit den verschiedensten Spezialitäten bepflanzt gewesen war, der dann verlassen wurde und in dem gut zehn Jahre lang keiner auch nur einen pflegenden Handgriff getan hatte: Dschungel. Die Artenvielfalt des Amazonasbeckens. Ein Überlebenskampf. Jeder gegen jeden. Eine grüne Hölle.

Vor einigen Jahren fiel uns durch verschlungene günstige Umstände ein solcher Garten zu, er hatte einmal meiner Großmutter gehört, der alten Pflanzenhexe, und nachdem wir die lieblichen Bilder der Erinnerung mit dem Anblick baumhohen Gestrüpps verglichen hatten, verfügten wir uns sofort in unser aller Lieblingsgeschäft, den Garten-Konrath, den wir ausnahmslos jeglichen Boutiquen und Shoppingmeilen, also allen anderen Einkaufsgelegenheiten für die schönen Dinge des Lebens vorziehen, und zwar mit beachtlichem Abstand. Wir deckten uns dort in diesem freundlichen Paradies der Gartenkultivierung mit Schneidgeräten aller Art ein, mit meterweit ausziehbaren Astzangen, Kettensägen, Scheren, und mit einer der vorzüglichsten Gartenerfindungen für viele Zwecke, mit einer Heckenschere, die den Dimensionen des Namensgebers des Schwertwales in wenig nachstand.

Es folgten hoch befriedigende Tage. Wir sägten, hackten, schnitten, legten frei. Wir sanken frühabends ins Bett und konnten das Aufstehen kaum erwarten.

Es folgten hoch befriedigende Tage. Wir sägten, hackten, schnitten, legten frei. Wir sanken frühabends ins Bett und konnten das Aufstehen kaum erwarten. Der Häcksler gab zwischendurch seinen Geist unter den Bio-Massen auf und musste durch ein mächtigeres Gerät ersetzt werden. Das Stromkabel der Heckenschere wurde wiederholt Opfer zu eifriger Schneider und Isolierband musste her. Das Bier, das wir tranken, war verdient, denn der Frühling war heiß und das Gestrüpp widerspenstig. Vor allem dicke Matten von Jasmin machten uns schwer zu schaffen – derjenige Jasmin, der im Jänner schon gelbe Sternlein wirft

und der die durch diese frühe Blüte im Schnee gewonnenen Sympathien durch das Ausbilden widerlicher Ausläufer allerdings bald wieder verspielt.
Auch die Tücken des Efeus lernten wir kennen, den Würgegriff, den er, im Alter starrköpfig geworden, auf alles Greifbare anzuwenden pflegt, und seine auch in der Jugend bereits ausgeprägten rasenunterwandernden Talente. Letztlich blieben wir die Stärkeren, weil wir in einen wahren Rausch der Erneuerung verfielen. Was aber hat das alles mit der so genannten Königin der Blumen und Blüten, mit der lieblichsten Erscheinung der Botanik, der Rose, zu tun? Geduld, Geduld: Wir fanden sie wieder.

Nachdem wir lange vor einem etwa drei, vielleicht auch vier Meter hohen Jasmingebirge erschöpft innegehalten hatten – zu unserer Linken der windlingüberspielte Rest des Gemüsegartens, zu unserer Rechten die gelblich mageren Hungertriebe gerade freigelegter Ribisel- und Johannisbeerstauden (Oasen unserer Kindheit) – sprach ich eine Vermutung aus, die eigentlich alle insgeheim hegten: Hier drunter musste sich eine Steinmauer verbergen und eine Steintreppe, und zwar diejenige, die einmal zu dem dort oben angelegten Rosengärtlein der Großmutter geführt hatte.

■■■ Irgendwie hatten sie nur einen langen geduldigen Dornröschenschlaf gehalten, und seit diesem Frühling weiß ich, dass die Rose ein Unkraut ist …

Mit wieder erstarkenden Hieben bahnten wir uns den Weg und fanden tatsächlich das Trepplein. Was aber noch viel schöner war: Unter dem Jasmin-Efeu-Brennnesselgebirge legten

wir die Reste von fünf Rosenstöcken frei. Abgestorbene Dornenranken streckten sich uns kläglich entgegen, doch irgendwo dazwischen gab es bei jedem von ihnen ein paar kleine grüne Triebe mit ein paar mageren Rosenblättlein drauf. Ein Hauch Hoffnung auf Wiederbelebung bestand also noch, es stellte sich nur die Frage, ob es sich dabei um edle oder wilde Triebe handelte. Was soll ich sagen. Nachdem hektische Bodendurchlüftungen erfolgt waren und nach sofortiger Nahrungszufuhr mit den entsprechenden kostspieligen Rosendüngern, erholten sich die Patienten augenblicklich. Irgendwie hatten sie nur einen langen geduldigen Dornröschenschlaf gehalten, und seit diesem Frühling weiß ich, dass die Rose ein Unkraut ist und durch kaum etwas wirklich umzubringen.

■■■ *Das Stromkabel der Heckenschere wurde wiederholt Opfer zu eifriger Schneider und Isolierband musste her. Das Bier, das wir tranken, war verdient, denn der Frühling war heiß und das Gestrüpp widerspenstig.*

Schon im ersten Jahr erblühten die edlen Rosenbüsche wieder, in Weiß, Creme, Rosa, sie dufteten und waren eine Weide für Auge und Biene, und irgendwie war es wie früher, und so manches Familienmitglied fand man gelegentlich sinnend und der lang von uns gegangenen Großmutter gedenkend auf dem Steintrepplein stehen.

Leo Trotzki hatte seinerzeit einen alten Park abholzen lassen, um die Grundsätze der Anarchie umgelegt auf die Natur zu veranschaulichen. Ich schwinge mich zu der Behauptung hoch, dass das wahre Anarcho-Experiment das unsere war, denn wir konnten beweisen, wer wie

überlebt und sich durchgesetzt hatte.
Die Rose jedenfalls ist der geborene Anarchist, und Großmutters Rosenstöcke sind heute wieder meterhoch und setzen gerade unverdrossen ihre erste Blüte an.

■■■ *ich gab sofort via Internet eine Bestellung auf, die so gewaltig war, dass mir gleich nach Bekanntgabe der Kreditkartennummer und dem alles besiegelnden Mausklick schlecht wurde.*

Leider wissen wir nicht, um welche Arten es sich dabei handelt, die entsprechenden Nachforschungen schlugen fehl, zu vielfältig sind die Möglichkeiten. Irgendwann stieß ich im Zuge der Recherche auf die Internetseiten eines bekannten englischen Rosenunternehmens und augenblicklich erfasste mich beim Anblick hunderter prächtiger Sorten wieder dieser Rausch jener vergangenen Rodungstage, und ich gab sofort via Internet eine Bestellung auf, die so gewaltig war, dass mir gleich nach Bekanntgabe der Kreditkartennummer und dem alles besiegelnden Mausklick schlecht wurde.

Wenig später rief mich der übliche gelbe Postzettel zur Paketausfolgerung, ich kam der Aufforderung gemeinsam mit meinem Autoanhänger nach und nahm die Köstlichkeiten dick kartonverpackt und außen mit dem imperialen unverkennbaren Logo der Firma versehen entgegen. Der Herr in der Schlange hinter mir blickte mich freundlich, aber ein wenig besorgt an. „Was?“, frug er, „jetzt erst pflanzen Sie? Ich habe meine bereits vor einem Monat in die Erde gebracht.“ Ich wusch mich durch Erklärungen rein, wir verbrüderten uns. Die Rosen gediehen auch trotz später Pflanzung königlich.
Und zwar alle.

Ihr einziger wirklicher Feind in unseren Steinfeldbreiten ist der Mehltau, und ich bekenne, dass ich diesem widerwärtigen weißen Pelz mit Chemikalien zu Leibe rücke. Schachtelhalmbrühe ist ja gut und schön, doch zu dem Zeitpunkt, wenn der gute Halm wächst, hat sich der Pilz bereits eingenistet. Kühle nasse Tage im Frühling begünstigen die Kreatur bekanntlich, auch wenn büschelweise Lavendel rund um die Rosen gepflanzt wurde.

Die heroischen Tage der Gartenfreilegung sind vorbei, doch das Vergnügen geht weiter, weil derzeit ein ehemaliger Acker der Gartenwerdung durch mich entgegensieht. Was natürlich wieder Roseneinkäufe erforderlich macht und damit Ausflüge zu den Gartengeschäften und Bestellungen ausgefallener Sorten im Internet. Unlängst stieß ich daselbst auf die verzweifelte Anfrage einer deutschen Gartendame, die eine ganz bestimmte Rosensorte, nämlich Leonardo da Vinci, nicht auftreiben konnte. Leonardo ist mir wohl bekannt, er blüht in meinem Vorgarten und im Gemüsegarten mitunter dreimal und in milden Jahren bis in den frühen November: üppig, rosa, prall gefüllt.

Ich erklärte via Mail der Norddeutschen, dass ich ihr die Rose besorgen könnte, denn unser guter Konrath hat sie immer auf Lager. Sie war hocherfreut und so schließt sich der Kreis. Rosen freilegen, Rosen pflegen, Rosen pflanzen und dann sogar für andere Rosenfreunde Rosen besorgen dürfen. Und jetzt kommt noch dazu der Rosenmonat. Wenn die Rose nicht wirklich die Königin der Blumen ist, dann weiß ich es nicht.

Radieschenkraut und Marillenheizung

Die Ernte ist natürlich das, was man der Erde systematisch gärtnernd abringt oder von ihr an Gaben so nebenbei geschenkt bekommt, und das Witzige und Interessante an diesen Umständen ist, dass hier keinerlei Wertungssysteme gültig und in gewissenhafter Kühle zur Anwendung gebracht werden können. Denn die fette süße Erdbeere aus dem eigenen Erdbeergärtchen, vor deren pflanzlicher Erzeugerin man gießend, zupfend, strohunterbreitend, mulchend und anbetend viel Zeit quasi auf den Knien verbracht hat, ist genauso ein Geschenk wie der erste üppige Wiesenblumenstrauß. Den gibt's jedes Jahr gratis ums Eck.

Ernte heißt also nicht nur Abschneiden, Einklauben und Essen, sondern auch Schauen, Riechen, Sichfreuen.
Für uns Nicht-Bauern jedenfalls, die wir nicht von den Wetterstimmungen des einen Gottes im Himmel und der vielen menschgewordenen solchen in Brüssel so direkt abhängig sind. Interessant dabei, dass, sozusagen in Abwandlung watzlawickscher Theorien, für unsereiner auch noch die ärgsten Flops und Fehlernten durchaus Anlass zur Freude, weil zu einer gewissen Verbrüderung sein können.

Zuletzt passierte das in meinen gärtnerischen Gefilden vor ein paar Wochen, als ich – wieder einmal – die Missernte der Radieschen einfuhr. Sprich, mit laschen, vielleicht sogar ein wenig resignierten Rupfbewegungen entfernte ich saftige, bis zu fünfundsechzig Zentimeter hohe Blattbüschel, an deren Wurzelende sich zahnbürstenborstenartige andeutungsweise Verdickungen in Radieschenrot befanden, die in ihrer Mickrigkeit in einem fast schon abartigen Verhältnis zum satten Grün des Buschwerks standen.
Die Worte „Gentechnik!" und „Hinterhältig manipulierte Natur!" hingen groß und deutlich irgendwo in der Luft, ich wachelte sie ärgerlich weg und schrieb selbst „Feige Ausrede!" hin. Denn jeder weiß, was in dieser Scholle vor sich gegangen ist. Auch ich.
Also bitte keine Tipps. Zu fetter Boden, zu gute Düngung. Ich weiß, ich weiß. Zu wenig Sand, zu guter Stand.

Zum Glück gibt es Nachbarn wie die Mizzi. Wir standen also gemeinsam etwas betreten vor dem zerwühlten Schlachtfeld, ein wenig weh war mir schon noch ums Herz, denn wenig geht mir über leicht gesalzene Radieschenbutterbrote und was in den Supermärkten als Radieschen angeboten wird, ist ja hinlänglich bekannt und schaler Abklatsch. Angesichts der sich nunmehr seit Jahren wiederholenden Radieschenkrautexplosion und der Erinnerung an frühere knackigere Zeiten, gab ich der mir gärtnerisch unendlich überlegenen Mizzi bekannt, dass mich das jetzt schon langsam in Misslaune bringen würde, denn so saftig und satt sei mein Boden auch wieder nicht, Sand hätte ich gewissenhaft eingearbeitet und das Düngen hätte ich mir selbstverständlich zur Gänze verkniffen.

■■■ *„Ich", sprach die berühmteste Gärtnerin der Ternitzer Brunnleitn, „ich bau sie schon gar nicht mehr an, weil bei mir ist es dasselbe."*

Warum also, fix noch einmal, würden diese unverschämten Schnellkeimer so rasant auswachsen? Ihre Antwort fiel wie lauer Sommerregen. „Ich", sprach die berühmteste Gärtnerin der Ternitzer Brunnleitn, „ich bau sie schon gar nicht mehr an, weil bei mir ist es dasselbe. Es liegt schon im Samen. Probier die weißen Sorten, die sind die besseren."

Sie hat völlig recht. Ich gebe zu, dass die Ernte der von mir ausgesäten weißbäuchigen Radieschen ebenfalls zu wünschen übrig lässt, was aber eher an den Viechern liegt, denen sie geschmeckt haben. Dennoch: Hier knollte und kugelte es sich wenigstens alsbald in der Radieschenzone zwischen Luft und Erdreich

und das Kraut blieb in bescheideneren Höhen. Der Gartenradieschengeschmack ist selbstverständlich eine Wucht, die Aushöhlungen und Anfressungen der gierigen animalischen Mitnascher sind mir mittlerweile wurscht.

■■■ *mit laschen, vielleicht sogar ein wenig resignierten Rupfbewegungen entfernte ich saftige, bis zu fünfundsechzig Zentimeter hohe Blattbüschel.*

Horrorgeschichten erzählt man sich vom geschätzten Petersil, der eine kapriziöse und, was das Keimen anbelangt, durchaus widerwillige Persönlichkeit besitzen soll. Da kann ich nicht mitreden, bei mir gedeiht er herrlich. Was nur Zufall sein kann und absolut nichts mit gärtnerischem Geschick zu tun hat. Wiewohl man überhaupt der Meinung sein darf, dass die Wege der Pflanzen letztlich unergründlich bleiben, trotz der vielen sinnvollen Regeln und Pflegemaßnahmen, die ja alle Gültigkeit haben.

Es gibt immer Irrläufer, die sich nicht daran halten. Warum kann zum Beispiel der eine an der Mittelmeerküste einen Feigenbaum ausgraben, hierher verpflanzen, winters seinem eisigen Schicksal überlassen und in einem Wiener Schrebergärtchen trotzdem kiloweise das süße köstliche Zeug bis in den Oktober hinein ernten? Warum gehen anderen im selben Klima die sorgfältig eingepackten und stets überwachten Feigenkollegen kläglich am Frost ein? Wer Antworten parat hat: Ich bin offenen Ohres.

■■■ *Frost? Keine Spur. Fehlender Bienenflug? Aber wo! Was dann?*

Es geht aber noch krasser: Stellen Sie sich einen etwa sieben Meter hohen, feschen, völlig gesunden und wirklich gut im Safte der Jugend stehenden Knorpelkirschenbaum (schwarz) vor.

Er hat einen Platz an voller Sonne. Südhang.
Sehen Sie seine berauschende Kirschblüte vor sich, riechen Sie die prallen Büschel, die eine derartige Ernte versprechen, dass man schon im April zu überlegen versucht ist, wie die armen Äste dieses Baumhelden ab Juni abgestützt werden sollten, auf dass das Gewächs nicht unter der Last seiner reifen Frucht berste. Ab Mai dürfen diese Gedanken angesichts etwa eines läppischen Dutzends heranreifender Kirschen wieder verworfen werden.
Frost? Keine Spur. Fehlender Bienenflug? Aber wo! Was dann?
Keine Ahnung. Die Nachbargärten strotzen nur so, am Schulschluss, wenn auch die Stare, diese schön gefiederten Bestien, gemeinsam mit den Schulkindern im Kirschbaumgeäst einfallen, ist rund um uns ein fast schon lästerliches Kirschenschmatzen im Gange. Unser Baum hat noch eine Chance, und zwar im kommenden Jahr. Verweigert er dann immer noch die Kür, wird er endgültig in die Pflicht genommen. Unter Zuhilfenahme der Kettensäge.

Viel milder gestimmt ist man da in unserer Familie den angebeteten Marillenbäumen gegenüber, und zwar seit Generationen. Allein das jährliche hochsommerliche Marillenknödelwettessen bis zur allgemeinen Totalermattung ist uns die Pflege der für unsere rauen Breiten zu empfindlichen Bäume wert. Der Großvater war der Erste gewesen, der diese edlen Köstlichkeiten pflanzte, täglich besuchte, mulchte, schnitt, goss und mit einer Hingabe pflegte, die meine Großmutter irgendwann einmal nur mehr mit Kopfschütteln als „Bamalhypnotisieren" abtat. Vor allem der Neigung der Marille zur frühen Blüte verdankt die Familienchronik manch bittersüße und oft hervorgekramte Anekdote. Die beliebteste davon spielt in einer Frühlingsnacht, in der die Sternlein am klaren Himmel lieblich funkelten, was, wie wir Obstgärtner wissen, nichts Gutes für bereits Erblühtes verheißt.

Im Nachhinein erscheint mir der durch den düster durchflackerten Garten hüpfende Großvater wie ein Don Quichotte der Marillenernte …

Auch mein Großvater blickte damals mit zunehmender Nervosität gen Himmel und auf das Thermometer, und als schließlich klar war, dass der Frost kein Erbarmen zeigen würde, beschloss er, gegen die Mächte der Natur mittels der Tricks des Verstandes anzukämpfen. Von der eingeschüchterten und schweigend dastehenden Familie ängstlich beobachtet, rollte das Oberhaupt Fässer durch den Garten, brachte sie in strategisch günstige Positionen, goss schwere Dieselöle hinein – von denen er zeitlebens unergründliche Vorräte hortete – und als man etwa bei minus zwei Grad hielt, entzündete er seine Feuerchen.
Es wäre schön, könnte ich berichten, dass er es mit schadenfrohem

■■■ *Sie meinen jetzt, was gedeiht, außer natürlich dem Petersil, heuer überhaupt? Genug, genug. Man muss eben breit und umfassend denken, wenn man gärtnert.*

Gegackere tat, doch leider kann ich mich daran nicht mehr genau und verbürgt entsinnen.
Was ich allerdings genau weiß, ist, dass sich zum Glück die Sammetdecke der Dunkelheit bereits gnädig über Dorf und Feld gelegt hatte, sodass das Rauchgestöber nur gerochen, aber nicht gesehen werden konnte. Im Nachhinein erscheint mir der durch den düster durchflackerten Garten hüpfende Großvater wie ein Don Quichotte der Marillenernte, ein Obstgärtner von der traurigen Gestalt, denn selbstverständlich erfror alles in dieser Nacht, was rosig duftend reiche Ernte verheißen hatte, und über dem gesamten Gelände lag am nächsten Morgen ein ölig-rußig-schwarzer Film, der alle noch wochenlang schmerzlich an den erlittenen Verlust erinnerte.

Vierhundert Meter Seehöhe eignen sich nun einmal nicht für Marillen. Es sei denn, man zieht sie elegant unter großen Vorsprüngen als Spalierbäume, wie das in vielen hohen Tiroler Ortschaften üblich ist. Wir haben das jedenfalls verabsäumt, unsere Bäume mitten in den Garten gepflanzt und der Frost hat auch die heurige Marillenernte erfolgreich dahingerafft. Um ehrlich zu sein, auch die Weichselernte. Und – zum ersten Mal in der kollektiven Erinnerung der Gegend – die Fliederblüte. Sie meinen jetzt, was gedeiht, außer natürlich dem Petersil, heuer überhaupt? Genug, genug. Man muss eben breit und umfassend denken, wenn man gärtnert. Die Himbeeren sind zwar heuer ebenfalls ein unerklärlicher Flop, dafür wird es ein Ribiselfressen und Streuselkuchenbacken sondergleichen geben. Der Salat ist so reichlich gediehen, dass allongeperückenartige Auswüchse zu befürchten sind. Die Kohlrüben sind eine seidig-lila Pracht. Die Karotten sind zumindest aufgegangen. Also ehrlich: Was Ärgeres soll uns passieren? Der Weg durch das Gartenjahr ist – heutzutage, für uns selig Verwöhnte – das Ziel, die Ernte das entzückende Beiwerk. Ich muss sofort hinauseilen und mich an einem meiner weißbäuchigen, zerfressenen Radieschen ergötzen.

Schwammerlrausch und Brombeerwut

Eigentlich sollte den Gärtnern die Gnade des Winterschlafes gegönnt sein, ganz sicher aber Leuten wie mir, die Frost und Kälte verabscheuen. Der Gemüsegarten ist jetzt nichts anderes als eine traurige Anhäufung reifüberzogener Schollen, der Obstgarten ein kläglicher Friedhof, die Blumenbeete präsentieren sich als unter dem Schnee geknickte Angelegenheiten.

Das Schönste am Winter ist und bleibt der 21. Dezember, denn ab da geht es wieder aufwärts, ab da rollt die Sonne dem Sommer entgegen und wärmt die Vorfreude auf die lieblicheren Jahreszeiten, in denen gegraben, gepflanzt, geerntet werden kann. Mit anderen Worten, der Winter dient Eisnebochanten wie mir ausschließlich dazu, sich auf jene Epochen zu freuen, in denen wieder Hand, Schere, Schaufel an die Natur gelegt werden kann. Und wenn man ihn schon nicht durchschlafen kann, den Frost, so empfiehlt sich, es wenigstens den Eichhörnchen und Hamstern gleichzutun und Sommervorräte anzulegen.

■■■ *Ganz arg, fast krankhaft, erfasst uns die Einkochwut, wenn es an das Marmelademachen geht.*

Die Erfreulichkeiten des Sommers lassen sich bekanntlich ohne Hexerei in Rexgläsern und Saftflaschen einfangen, und wenn es draußen auf minus zwölf Grad oder noch weniger zugeht, dann lasse man drinnen ein infernalisches Feuerchen im Holzofen bullern, öffne eine der konservierten Köstlichkeiten und freue sich auf die schöne warme Zeit, die da bald wieder kommen mag. Warum auch immer, irgendwie läuft das Konservieren bei uns allerdings immer auf suchtartige Zustände hinaus. Sobald die ersten Paradeiser noch sonnenwarm schon im Garten von den diversen Familienmitgliedern einverleibt, um nicht zu sagen saftspritzend gefressen wurden, setzt ein Auswählen und Bewachen der fettesten Paradiesäpfel ein, die Dörre wird entstaubt und angeworfen, tagelang zieht Paradeiserduft durch die Wohnung und Gläser sonder Zahl werden mit Olivenöl und getrockneten Früchten gefüllt. Ganz arg, fast krankhaft, erfasst uns die Einkochwut, wenn es an das Marmelademachen geht.

Nach so manchem Sommer mussten wir die Küche ausmalen. Übergehende Brombeermarmeladetöpfe richten Massaker an, spritzende Himbeersaucen verwandeln Köche, Köchinnen und Mobiliar zu Schlachtfeldern. Apropos Schlachtfeld: Selbstverständlich ranken sich auch um die Einkochware Familienlegenden und die beliebteste berichtet vom Urgroßvater, der gemeinsam mit der Urgroßmutter gleich neben dem Regal mit den eingerexten Früchten des Waldes und des Gartens nächtigte. Eines Mitternachts, kurz nach dem Zweiten Weltkrieg, explodierte mit der entsprechenden Lärmentwicklung ein Glas, in das man offenbar unsorgfältig Hollerkompott eingefüllt hatte. Die Ahnen fuhren aus dem Schlaf auf, der Urgroßvater knipste hektisch das Licht an, sah entsetzt an seinem rot gesprenkelten Nachtgewand hinab und schrie: „I bin 'troff'n!"

■■■ *Die Ahnen fuhren aus dem Schlaf auf, der Urgroßvater knipste hektisch das Licht an, sah entsetzt an seinem rot gesprenkelten Nachtgewand hinab und schrie: „I bin 'troff'n!"*

Hollerkoch zählt heute nicht mehr zu unseren Lieblingsspeisen, Weichseln, Marillen und Gurkerln haben den ordinären Beeren den Rang abgelaufen. Und, nach sensationellen Schwammerljahren, natürlich auch die Pilze: Was an getrockneten Herrenschwämmen und sorgfältig abgemischten Pilzpulvern hier in der Vorratskammer lagert, wird kaum zu deressen sein. In rauschartigen Zuständen wurden die Schwammerln verarbeitet, als ob es nie wieder Schwammerlzeit würde. Auch die riesigen Buschen getrockneter Kräuter und Minzen werden wohl nicht aufgebraucht sein, bis frisches Grün wieder zu sprießen beginnt.

Und noch ein exquisites gärtnerisches Vergnügen hat die Winterzeit zu bieten: das abendelange Schwelgen in Samenkatalogen aus der ganzen Welt. Jetzt oder nie müssen sie bestellt werden, die ausgefallenen Paradeiser- und Pfefferonisorten, die zu diversen Experimenten einladenden Blumenzwiebeln und Gräsersamen. Die Engländer haben als alte Gärtnernation die Nase vorne, zum Beispiel ihre nicht-hybriden Gemüsesorten aus aller Welt sind eine echte Empfehlung.

Auch in Niederösterreich gibt es eine bewundernswerte Organisation, die sich der Erhaltung vom Aussterben bedrohter alter Sorten widmet: Die Arche Noah in Schiltern ist mittlerweile eine prominente Anlaufstelle für Gärtner. Sie konserviert sozusagen wacker im Gegenwind der großen mafiosen Düngemittel- und Samenkonzerne, was jahrhundertelang im kleinen Rahmen in Küchen- und Bauerngärten gezüchtet wurde. Allein die Bohnensammlung der Noahs ist einen Besuch wert und spottet der lächerlich phantasie- und geschmacklosen Bohnenauswahl in den Supermärkten und auch Samenregalen der Baumärkte glatt Hohn.

Der Winter ist also bei genauer Betrachtung gar keine so schlechte Jahreszeit. Nachdenken kann man und planen, sich auf die neuen Pflänzchen freuen, Gartenpläne anlegen, bei Pfefferminztee Brombeermarmeladebrote essen und sich daran erinnern, wie schön es war, im Wald den Brombeerschlag kahl zu pflücken. Die Kaisermäntel, die dort so fesch herumgegaukelt sind, überleben ja schließlich auch. Also keine Wehleidigkeiten. Der Frühling ist nah.

Im Anfang war das Korn

„Jessasna", sagt der Kollege, als er aus seiner Sakkotasche das Taschentuch hervornestelt und zugleich mit diesem unvermeidlichen Accessoire des Winters ein ansehnliches Gestreusel diverser Samen und Blütenreste an das kalte Tageslicht des Großstadtkaffeehauses befördert.
Wir stürzen zu Boden wie einfallende Saatkrähen und lesen alles wieder auf: wolliges Zeug, Rispen und Hülsen.

Kleine körnige Kostbarkeiten, die wohlbehalten und unbemerkt wahrscheinlich monatelang auf Dienstreisen mitflogen und zu Konferenzen und Podiumsdiskussionen sonder Zahl mitgetragen wurden. Der Kollege, hocherfreut über diese agrikulturelle Unterbrechung der Besprechung, hat zwar keinen blassen Schimmer mehr, wo er irgendwann einmal zwischendurch diese kleine Ernte einfuhr, in welchem Kontinent er damals zugriff, um diesen Mikrokosmos der Natur mit nach Hause zu nehmen, doch das passiert ihm regelmäßig.

Wir schieben Melangen, Obis, Aktenordner zur Seite, ohne sie noch eines Blickes zu würdigen, und starren sinnend auf den Marmortisch, wo die Exponate nun aufgebahrt liegen wie kostbare Juwelen auf dunkelblauem Ziegenleder. Diese Samen wurden sozusagen entwurzelt, bevor sie noch Wurzeln schlagen durften. Doch sie blicken einer unmittelbaren und fertileren Zukunft entgegen.

In Kenntnis der botanischen Leidenschaft ihres Besitzers darf man davon ausgehen, dass sofort nach Dienstschluss, also so gegen Mitternacht, kleine Töpfchen hervorgekramt werden, Sämlingserde rieseln – wenn er die nicht sogar zuvor im Backrohr sorgfältig entkeimt, schließlich stammt der Humus noch vom vergangenen Frühling – und alsbald exotisches Kraut am Fensterbankerl sprießen wird. Mitunter kehrt mit dem frischen Grün auch die Erinnerung wieder, Déjà-vus stellen sich ein, Reminiszenzen an ferne Parkanlagen, an tropischen Dschungel und Hotelgrünzonen, wo diese Miniaturausgaben in üppigen Büscheln anzutreffen gewesen waren.

Mein prächtigstes Forellenblatt stammt aus einem Wirtshaus, wo ein – eh schon geknickter – Zweig seiner Mutterpflanze in meinen Manteltaschenbesitz überging.

Samen zu kaufen ist eines. Sie zu ernten ein anderes. Beides hat seinen Reiz. Letzteres wird noch dazu gewürzt vom feinen Duft der Subversion und des Einzelgängertums. Ich verhehle nicht, dass kein Samen spendendes und Ableger produzierendes Gewächs wirklich vor mir sicher ist.

Mein prächtigstes Forellenblatt stammt aus einem Wirtshaus, wo ein – eh schon geknickter – Zweig seiner Mutterpflanze in meinen Manteltaschenbesitz überging. Meine aufregendste Pflanze, deren Namen mir im Übrigen völlig unbekannt ist, flog ich in Form eines blattlosen Strunkes aus den Gefilden des Indischen Ozeans ein.
Ich gab dem Strunk Wasser und gute drei Monate.
Er wurde zu einer Orgie fußabstreifergroßer Blätter und zum Mittelpunkt vieler Konversationen mit ebenfalls pflanzenliebenden Gästen. Seine Blüte – ja, er blühte sogar – war unscheinbar, stank dafür klebrig-bestialisch.
Ich verzieh ihm. Samen stellten sich bedauerlicherweise nicht ein. Ich hätte an das Manderl zum Weiberl denken sollen, aber wer wird denn gleich so maßlos sein.

Nun, da die Frühlingssonne wieder Gnade gewährt, geht die Samenhochsaison – endlich, endlich – wieder los. Es beginnt, sicher nicht nur bei mir zu Hause, ein erbarmungsloser Kampf um die hellsten Plätze vor den Fenstern. Alte, bewährte Töpfe werden samt ihren floralen Einwohnern ein wenig nachlässig auf die hinteren Ränge verwiesen. Sollen nicht murren, werden die paar Wochen da hinten schon aushalten. Jetzt geht es immerhin um die Kinderstube, um die heikle Anzucht dessen, was uns da sommers auf dem Balkon, in Hof, Topf und Garten erfreuen soll, und wie bei den kleinen Menschlein auch (und dort natürlich noch viel mehr), darf man gerade im Kindesalter der Pfleglinge keine Fehler begehen, will man nicht im Erwachsenenalter Schiefwuchs und Widerspenstigkeit ernten.

Alsbald knirscht es unter den Schritten, weil das rechte Sand-Erde-Gemisch in Wohnungen und Häusern nur unter Produktion äußerster Sauereien herzustellen ist. Alsbald beschlagen die Fensterscheiben, weil quadratmeterweise Erdportiönchen Feuchtigkeit ausdunsten. Alsbald gehen auch die Plastiksackerlvorräte zu Ende, weil wie immer viel zu viele Töpfe kleinklimaüberstülpt werden wollen, von den Beschriftungstafeln etc. ganz zu schweigen. Diese Maßlosigkeit im Vorfrühling, sie spottet jeder Beschreibung. Schon im Winter stapelten sich die Samenkataloge aus aller Welt auf Bänken und Nachtkästchen. Jetzt, in der Zeit der Tat, muss man wieder einmal eingestehen, dass die Übertreibung einen Namen hat: Pflanzerlziehen. Auch neigt man dazu, regelmäßig in der Gier

viel zu früh mit der Anzucht zu beginnen. Wenn schon im März die Paradeiserpflänzchen Kleinkindgröße erreichen, hat man dann den lebenden Beweis dafür, und der Auspflanzmonat Mai, dieser dem Gärtner gesegnete Abschnitt jeder Jahresepoche, ist trotzdem noch fern.

Wer braucht zwei Dutzend dunkellila blühende Spinnenpflanzen ... und die kapriziösen Abkömmlinge französischer Superparadeiser?

Wenn sich die Eisheiligen dann verabschiedet haben, wird es wieder ruhiger und leer drinnen. Die alten Pflanzen atmen auf, sie bekommen ihre Stammplätze zurück. Die neuen Pflänzchen – Heerscharen verheißungsvoller Ansammlungen kleiner Blätter und Stängel – wandern ins Freie. Zurück bleiben Wasserflecken auf Parketten und meterhohe Töpfchenstapel. Da der Garten immer viel zu klein ist für die neue Pflanzenschar, setzt die Unterbringungsnot und eine gewisse Fürsorgepflicht ein. Wer in Verwandt- und Bekanntschaft hat noch Bedarf? Wer braucht zwei Dutzend dunkellila blühende Spinnenpflanzen, eine mehrere Kompanien verköstigen könnende Truppe strammer Jungsalate und die kapriziösen Abkömmlinge französischer Superparadeiser?

Irgendwie sind sie noch immer alle untergekommen, von der gefüllt blühenden britischen Kapuzinerkresse bis zum südchinesischen Schnittlauch. Der Sommer wird lang, die Ernte reich.

Wenn man dann irgendwann einmal bei Freunden zu Gast ist und Gurkensalat serviert bekommt, kann man fast mit Sicherheit davon ausgehen, dass man irgendwann am Anfang dieses erfrischenden Gerichtes und zur Sternstunde der Gurke seine erdverschmierten Hände mit im Spiel gehabt hat. Wasserflecken und Sandknirschen sind vergessen.

Eigentlich wäre es dann schon wieder an der Zeit, Samen zu flauchen, Samen zu bestellen, den Samenirrsinn des nächsten herrlichen Vorfrühlings zu planen.

Von den ganz wilden Sachen

In der ganz frühen Keimzeit, sozusagen dem Frühling meiner Menschwerdung, war der wichtigste Mann in meinem Leben schon alt, was sich nicht hatte verhindern lassen, weil er mein Großvater war. Er konnte aus nichts alles machen, wofür ich ihn sehr verehrte. Er beherrschte damit eine Kunst, die heute verloren gegangen oder zumindest aus der Mode gekommen ist, was zwar ein Zeichen des Wohlstandes, aber auch der untergegangenen kleinen Wunder des Alltags sein mag.

Aus den endgültig verschiedenen Waschmaschinen meiner Großmutter präparierte er zum Beispiel ruck, zuck das Bullauge heraus und gebar damit die aufregendste Salatschüssel der Saison. Sie brachte der Oma viele Komplimente ein. Quasi zum Ausgleich kramte er dafür regelmäßig unerlaubt in ihrem Unterwäschekasten und vernichtete mangels geeigneter Siebe ihre besten Seidenstrümpfe, indem er sie zu Seihinstrumenten für seine Lackmischungen machte, denn er war Maler und Malermeister und stets von den chemischen und physikalischen Prozessen verfolgt, die sich in mangelhaft verschlossenen Farbbehältnissen im Laufe der Zeit abspielen. Und ging einmal irgendein Spielzeug zu Bruch, musste das Fahrrad repariert, der Teddybär saniert werden, so gingen wir gemeinschaftlich ans Werk, auf dass wir es das nächste Mal schon allein zuwege bringen würden.

■■■ *Wer fragte da nach Karl May? Wir hatten den Opaperz.*

Mein Großvater konnte alles, es war wie ein Wunder, und wenn wir Kinder mit ihm in Wäldern und Fluren unterwegs waren, wuchsen seine magischen Kräfte ins Unermessliche. Er kannte jeden Baum, jeden Strauch, jedes Blatt. Er spürte Nester mit Eiern oder Vogelküken darin auf, er fand Nuss-, Eichelhäher- und Fasanfedern, befahrene Fuchsbaue und entfahrene Wildlosung. Er erklärte uns allerlei Spuren in Schnee, Gatsch und Wiese, deutete Vogelflug und Vogelgeschrei, ertastete mit dem Handrücken die bestehende Restwärme der Hasensassen und errechnete auf Indianerart, wann in etwa sich das Löffeltier aus seiner Lagerstatt erhoben hatte. Wer fragte da nach Karl May? Wir hatten den Opaperz. Streng wurde er nur, wenn waidmännische

Umgangsformen missachtet wurden, denn der Hintern des Rehs war der Spiegel, der Schwanz des Fuchses die Lunte.

Hunger litten wir unterwegs nie, obwohl Kindermilchjausen und Sporttrinkflaschen noch nicht erfunden waren.

Mit anderen Worten: Mein Großvater erklärte uns jene Teile und Kräfte der Welt, die den von gestressten Eltern in Teletubby- und Duploreservaten gesteckten Nachwuchsenkerln viel zu oft verborgen bleiben, die aber, meiner altvorderischen Anschauung nach, zur wirklichen Menschwerdung genauso gehören wie das Gehen- und Sprechenlernen: den Dingen auf den Grund gehen, sie verstehen, sie neu für sich erobern, neue Freude daran haben.

Hunger litten wir unterwegs nie, obwohl Kindermilchjausen und Sporttrinkflaschen noch nicht erfunden waren. Wir ernteten je nach Saison Sauerampfer, Brunnenkresse, Dirndln, Misperln, Hätscherln, Pilze. Wir schnitten das süße Herz aus – heute selten gewordenen – besonderen Distelarten und labten uns daran wie an – heute zum Allgemeinfutter gewordenen – Gummibärchen.

Wir klaubten Fallobst, aßen mit Genuss rund um den Wurm herum und kannten bald die erfrischenden kulinarischen Unterschiede zwischen Cox Orange und Renette, zwischen Williams und Guter Louise. Nicht, dass er uns nicht ständig zwischendurch gefragt und geprüft hätte, dass wir nicht Bäume deuten und Pflanzen bestimmen sollten. Doch wir hatten alle Jahreszeiten dieser Welt, um ihre Wunder gründlich zu studieren, und wenn uns selbst

Wir waren, wie man heute sagt, immer live dabei. Kindergarten war Strafe, Großelterntag Feiertag.

dann irgendwann zwischendurch die Losung drückte, so reichte uns der Großvater dezent das eine oder andere Huflattichblatt.

Wenn er nicht seine Bilder pinselte, irgendwo gelegentlich aus Gründen ökonomischer Zwänge doch ein Haus ausmalte oder die devastierte buchhaltende Großmutter bei der verzweifelten Suche nach verloren gegangenen Belegen der seine Wege stets empfindlich kreuzenden Bürokratie störte, veredelte er Obstbäume, baute er Mistbeete, experimentierte er mit düngenden Jauchen aller Art und widmete sich der Zucht von Bienen und Forellen. Wir waren, wie man heute sagt, immer live dabei. Kindergarten war Strafe, Großelterntag Feiertag.

Doch was bedeuten Nostalgieanwandlungen wie diese in einer Zeit, da scheinbar keine Zeit mehr für die wesentlichen Dinge des Lebens bleibt? Sie sollen nicht um ihrer selbst niedergeschrieben werden, sie verfolgen selbstverständlich ein Ziel, das in Richtung Zukunft weist. Was also Sache ist? Ganz einfach: Erobert die Zeit zurück. Nehmet eure Kinder und Enkel bei der Hand, gehet hinaus in die wilde Natur, bei Regen, Nebel, Sonnenschein, und lehret sie, zu schauen, zu riechen, zu fühlen und zu staunen. Jedes Bächlein wird zum Lehrmeister, jeder bestiegene Baum zum Freund, jeder Wald zum Spielkumpan, und zwar auf Lebenszeit.

Als der Großvater starb, weinten wir sehr. Wir nahmen einen Korb, gingen hinaus in den Garten und auf die blühende Wiese und pflückten alle Blumen,

die wir finden konnten. Die schickten wir ihm nach in sein Grab. Wirklich tot wird er natürlich nie sein, denn alles, was er uns beigebracht hat, lebt weiter, und damit er lebendig bleibt, vererben wir es unseren Kindern. Der Rehhintern bleibt der Spiegel, der Tannenbaum ist derjenige, der die Zapfen aufgerichtet trägt, die Brunnenkresse ist das hellgrüne Blattgekräusel, das am Bachufer wächst und scharfwürzig schmeckt. Wir fangen Forellen, packen sie in Lehm und braten sie in der Feuersglut. Wir pflücken wilde Brombeeren und lehren die Unterschiede zwischen Knollenblätterpilz und Parasol.

Was giftig und was bekömmlich ist, was gefährlich, was wild und was doch zu zähmen ist: Was Besseres kann man Kindern beibringen, als diese Unterschiede zu erkennen? Die Natur, so sagt man, sei der beste Lehrmeister. Ich behaupte, die besten Lehrmeister sind diejenigen, die ihren Kindern die Zeit schenken, um sich von dieser Natur auch wirklich belehren zu lassen. Die Zeit dafür ist immer, und wenn das auf Kosten von Teletubbys und dem dreihundertfünfundsiebzigsten Kinderspielzeug ist, so soll es uns nur recht sein.

Das Glashaus und wir

Es war wie immer. Eigentlich wollte ich nur schnell zwischendurch zur Befriedung meiner gartensüchtigen Seele nach einem langen Tag Arbeit ein paar Blumenzwiebeln einlagern und fuhr mit quietschenden Reifen kurz vor Geschäftsschluss beim Gartenmarkt meines Vertrauens vor. Dort stand es auf dem Parkplatz. Geräumig, aber nicht zu groß. Mit eleganter Schiebetür und lässigem Klappfenster. Ein Traum aus Aluprofilen und Stegplatten – und gespickt mit tückischen Winkeln und Verbindungsstücken, aber das wusste ich zu diesem seligen Zeitpunkt noch nicht.

Dieses Glashaus, so dachte ich unschuldig, während ich es prüfend und begehrlich umstrich, wäre perfekt für mich, meine Pflänzchen, meinen bis dato kläglich glashauslosen Garten. Dieses Glashaus, das war klar, eröffnete ungeahnte Dimensionen für Vorzucht und Hege und die Verlängerung der ewig zu kurzen Gartensaison. Auch der Zeitpunkt – es war Vorfrühling – schien günstig, wahrscheinlich stand selbst der Mond im rechten Haus, der Preis war reduziert, und, ach, der langen Rede kurzer Sinn: Es gab, dem Teufel namens Kreditkarte zum Dank, kein Halten mehr. Ich erreichte mein Heim mit Tulpenzwiebeln, einer ansehnlichen Menge diverser Dahlienknollen, mit ziegenledernen Gartenhandschuhen, neuen, besonders scharfen Rosenscheren, mit rund einem Zentner Anzuchterde, mehreren Dutzend Samenpackungen und sonstigen Kleinigkeiten, die im Frühling das Gärtnerherz erwärmen – und mit einer voluminösen Kiste, deren Inneres verheißungsvoll schepperte: das Glashaus, noch in seinen Einzelteilen einer Metamorphose des raschen, kundigen Zusammenbaus harrend. Kein Problem, dachte ich, schließlich habe ich das Studium der Architektur hinter mir, verfüge über einen Akkuschrauber und das Wochenende steht bevor. Ich kramte nach der in rund siebenundvierzig Sprachen abgefassten Gebrauchsanleitung meiner neuesten Errungenschaft und begab mich zu Bette. Noch schlief ich gut, obwohl mich nach einem kurzen Überfliegen der Konstruktionshilfestellung doch eine erste Ahnung beschlichen hatte, dass nach diesem schriftlichen Gestammel das Vorgehen ein kompliziertes werden könnte. Doch der nächste Morgen brach mit Kaiserwetter an und im arroganten Selbstvertrauen

■■■ *Kein Problem, dachte ich, schließlich habe ich das Studium der Architektur hinter mir …*

Ich brauche einen Verbündeten, dachte ich, und holte meinen nachbarschaftlich angesiedelten Vater.

des technisch Nicht-Unkundigen breitete ich zuallererst alle Einzelteile dessen, was später zur Oase feuchter Fruchtbarkeit werden sollte, vor mir aus. Nachdem ich etwa dreihundert Quadratmeter säuberlich mit Teilen verschiedenster Form und Größe bedeckt sowie Schrauben, Muttern und Schellen ungeahnter Vielfalt sortiert hatte, hielt ich inne.

Ich brauche einen Verbündeten, dachte ich, und holte meinen nachbarschaftlich angesiedelten Vater. Er eilte begeistert noch vom Frühstückstisch herbei. Gemeinsam glaubten wir die Ära des Mistbeetes überwunden und während wir uns zur Einstimmung mit Kaffee stärkten, wuchsen bereits die fettesten Paradeiser in unserem Glashausphantasiegarten. Angesichts der Menge unterschiedlichster Teile stutzte er kurz und kaum merkbar, um sich dann sofort tatkräftig über die Elemente zu stürzen. Nach etwa zehn Minuten klappernden Hantierens verlangte er nach mehr Kaffee und stärkeren Zigaretten. Nach einer halben Stunde stand ihm sein Haupthaar wirr und schweißgetränkt zu Berge, über meinen Anblick kann ich nichts berichten, nur so viel: Er muss nicht unähnlich gewesen sein. Wir legten eine Pause ein und schwiegen ein wenig.

Dann begannen wir aufs Neue. Nach einer geräumigen Zeitspanne verbissener Gesichtswahrung und ohne auch nur eine einzige Verbindung der diversen Streben, Stützen und Aussteifungen sinnvoll aneinander gefügt, geschweige denn die Scheiben auch nur berührt zu haben, ließen wir das Werk abermals ruhen und sagten Dinge, die zu wiederholen ich mich an

dieser Stelle schäme. Dennoch gaben wir nicht auf, sondern fuhren sicherheitshalber zum Gartenmarkt meines Vertrauens, um das dort fachkundig zusammengesetzte Glashaus-Schaustück, diesen Köder für Gartenfreunde, zu studieren.

Wieder heimgekehrt erkannten wir kein einziges Teil wieder.

Wieder heimgekehrt erkannten wir kein einziges Teil wieder. Wir lasen zum etwa siebenundachtzigsten Mal die Gebrauchsanweisung und versuchten abermals die verschiedensten Stabkombinationen zusammenzufügen, ohne jedoch die Gesetze der Statik überlisten zu können. Nachdem wir, der Familie Laokoon gleich, ein paar Stunden mit dem Gerümpel gerungen hatten, gaben wir auf. Langsam kehrte so etwas wie der Friede der Kapitulation in unsere Seelen ein. „Wir werden delegieren“, sagte mein Vater und umschrieb damit den wohl kapitalsten handwerklichen Flop, den die Familie seit Generationen hatte hinnehmen müssen. „Irgendjemand hat dieses Schau-Glashaus zusammengebaut. Und den werden wir dingen.“
In der Reparaturabteilung des Gartenmarkts meines Vertrauens wurden wir als alte Stammgäste herzlichst in Empfang genommen. Die uns entgegengebrachten Freundlichkeiten kühlten deutlich ab, sobald unser Anliegen Form angenommen hatte, ja sobald die Wortkombination „Glashaus“ und „zusammenbauen“ unseren aufmunternd lächelnden Mündern entschlüpft war. Man werde anrufen, hieß es, sobald jemand Zeit habe, um das Ding vor Ort zusammenzuschrauben. Die Wochen vergingen. Das Glashausfundament war längst betoniert. Der Frühling kam. Der Anruf blieb aus.

Gegen Anfang Mai unternahm ich einen neuerlichen Vorstoß. Quasi händeringend bat ich die Mannen des Konrath, denn so heißt der beste Grünmarkt des südlichen Niederösterreichs, um Unterstützung, und irgendwann brach dann tatsächlich jener Tag an, an dem frühmorgens ein Kastenwagen mit gut bestückter Werkzeugbatterie verheißungsvoll über meine Auffahrt holperte. Der Mann, der ihm entstieg, erweckte einen dynamischen und optimistischen Eindruck. Ich versorgte ihn mit Kaffee. Er ging ans Werk. Nach etwa einer Stunde verlangte er nach Bier. Nach einer weiteren konnte ich ihn dabei beobachten, wie er Schraubenzieher und andere Gerätschaften mit jener Unsanftheit zu Boden warf, die auf eine gewisse Unwirschheit schließen lässt. Zwischenzeitlich hatte er alle Insignien der Dynamik und des Optimismus verloren und irgendwie dauerte er mich. „Ich brauche Unterstützung", keuchte er und fuhr davon.

■■■ *Der Mann, der ihm entstieg, erweckte einen dynamischen und optimistischen Eindruck.*

■■■ *„Ich brauche Unterstützung", keuchte er und fuhr davon.*

Das Einzige, was ich während seiner Abwesenheit tun konnte, war, mehr Bier einzukühlen. Als er mit dem fachlichen Wissen glashauserfahrenerer Kollegen ausgestattet wiederkehrte, stand die Sonne auf Mittag. Erst als sie unterging, begann das Konstrukt langsam Form anzunehmen, und noch bevor sie wieder aufging, war das Glashaus tatsächlich fertig gestellt. Im Lichte dieses Erfolges tranken wir in stockfinsterer Nacht zum Abschluss gemeinsam noch ein Bier und ich erfuhr zu meiner großen Befriedigung, dass wir beileibe nicht die einzigen Kunden waren, die an den Tücken dieser ausgefeilten Technologie gescheitert waren, ja dass sich das Glashauszusammenbauen in diesem Frühling zu einem zentralen, gleichwohl zum verhasstesten Geschäftszweig des Gartenmarktes entwickelt hatte.

Ich überwand den Schmerz über die Rechnung, die ich wenige Tage später zugestellt bekam, nur langsam.

Ich überwand den Schmerz über die Rechnung, die ich wenige Tage später zugestellt bekam, nur langsam. Das fruchtbare Treiben unter Glas half über das Schlimmste hinweg, doch nur bis zum Tag des ersten heftigeren Sommergewitters, das mit Sturmböen über den Schneeberg daherkam. Als der Wind nachließ, ähnelte das, was einmal wie ein Häuschen gewesen war, den Blattstrünken kräftiger Urwaldpflanzen, die gerade dem Überfall einer Blattschneiderameiseninvasion zum Opfer gefallen sind. Ich sammelte die verwehten Scheiben im Umkreis mehrerer hundert Meter ein und fügte sie unter Zuhilfenahme vieler Tuben farblosen Silikons mühsam wieder in ihre Fassungen.
Solchermaßen überstand das Glashaus zwar die Sommerstürme, nicht aber die Winde des Winters. Sie hinterließen ein Trauerspiel aus nacktem Aluminium und klaffenden Löchern.
Mittlerweile ist wieder ein Vorfrühling angebrochen. Demnächst werden wir die Sanierungsarbeiten erneut aufnehmen. Noch haben wir nicht die Kraft dazu gefunden. Ich sollte zum Konrath fahren und Silikon einlagern, doch fehlt mir die Überwindung, mich dem Anblick der dort ausgestellten tadellosen Glashausexemplare zu stellen.
Irgendwie ist man als Glashausruinenbesitzer auch nur ein Mensch.

Her mit der Thujenmotte

Sie ist hässlich. Sie stinkt. Sie ist charakterlos und monoton: Die Thuje wurde zum beliebtesten Zaungestrüpp Europas gewählt.

Die Ahnung war schon vorher da, jetzt ist es amtlich: Die Thuje, das ergab eine Umfrage der größten deutschen Gartenzeitschrift, ist die beliebteste und meistgehegte Heckenpflanze zwischen Nordmeer und Adria.
Die Thuje also, ausgerechnet.

■■■ Die Thuje ist in sich sozusagen ihre eigene Leiche.

Eine Begründung für die weit verbreitete Vorliebe für dieses Gewächs wurde bedauerlicherweise bei der Befragung vieler hundert Thujenpflanzer nicht gleich miterhoben, die kontinentale Thujitis muss derweilen unerklärt bleiben, ein großes, dunkelgrünes Rätsel rankt sich über hunderttausende Kilometer Gartenzaun quer durch ganz Europa.

■■■ Alle entwickeln mehr oder minder hässliche Fruchtstände.

Das Zaungewächs Nummer eins ist bei objektiver Betrachtung ein ausgesprochener Unsympathler, ein Un-Kraut unter den Kulturpflanzen, das grauslichste Gewächs, das in Vor- und Hintergärten wuchern darf, unter Umständen abgesehen von Silberfichten und -tannen, doch die haben es bisher nicht zu derartig ungesunden Überpopulationen gebracht.
Erstens schafft die Thuje – sie wird gelegentlich auch Thuja genannt, je nach Baum-Schule –, was keiner anderen Pflanze gelingt: Sie ist außerordentlich hässlich und bemerkenswert unattraktiv in jeder gestutzten oder auch ungezähmten Form: außen ein krautig-kratziges immergrünes Scheusal von einer Pflanze, innen von verschiedenaltrigen Schichten bräunlicher Überreste längst vergangener Jahre durchzogen. Die Thuje ist in sich sozusagen ihre eigene Leiche. Sie wurde vor vielen Generationen aus Nordamerika importiert und kommt mittlerweile in hunderten Sorten vor. Alle entwickeln mehr oder minder hässliche Fruchtstände. Meistens sehen diese aus wie von besonders bösartigen Gallwespen befallene Nadeln und hängen hundertfach als krüppelige, runzelige Bemmerln am Zaun.

Dann ist sie noch dazu giftig. Wurscht welche Teile man versehentlich zu sich nimmt, ob Rinde, Beere, Blatt oder Nadel (nicht einmal diese Unterscheidung lässt sich genau treffen), man erleidet schwere Magenverstimmungen mit allem, was oben und unten dazugehört, in ganz ernsten Fällen muss fachgerecht entgiftet werden. Vor allem kleine Kinder sind naturgemäß gefährdet, kein instinktlebendiger Köter käme je auf die Idee, das Zeug zu fressen.

Die Thuje ist in ihrer stupid-monotonen Multiplikation zur zeitgenössischen Irrgartenwand der Schrebergärtner geworden.

Die Liste der Untugenden geht weiter:
Die Pflanze zeichnet sich durch die Absonderung eines unangenehmen Geruchs aus, den der Volksmund „Grablüfterl" nennt, und zu guter Letzt ist die Thuje eine besonders schlechte Kollegin für alle lieblicheren Gartenpflanzen.
So wie auch unter Nussbäumen kaum andere Gewächse gedeihen – ihnen verzeiht man das allerdings, weil sie wenigstens Nüsse tragen –, verdrängt auch die ungenießbare Thuje alle Nachbarn aus ihrer unmittelbaren Nähe.
Bingo. Der Schlüssel zum Verständnis für die Thujenliebhaberei scheint damit gefunden zu sein.

Es schaut so aus, als ob das Kraut allerorten ganz einfach von den Gartenmenschen gedungen wäre, eine feindschaftliche Nachbarvertreibung legitim zu vollziehen. In Österreich wie auch in Deutschland dürfen private Grundstücke per Gesetz ab einer gewissen (regional unterschiedlichen) Höhe nicht blickdicht ummauert werden.
Die einzige Zuflucht für Leute, die sich abgrenzen wollen – also für praktisch alle, die einen Garten besitzen –, ist das möglichst rasche Umwuchern oder Einfrieden ihres Privatparadeises mit irgendeiner lebenden,

möglichst dicken, möglichst hochwüchsigen Hecke. Irgendjemand muss dabei mächtig Thujenmarketing betrieben haben, denn zig andere, freundlichere, schönere und nützlichere Gewächse würden sich sichtschutzmäßig mindestens genauso gut zur Abgrenzung gegen Außen und Daneben eignen, und nicht nur Eichkätzchen und Vögelein hätten ihre Freude an den bunten Heckenlandschaften und der darinnen kreuchenden Artenvielfalt. Aber kaum baut irgendwer irgendwo ein Häusl, kaum ist die Mischmaschine verräumt, der Schuttplatz begrünt, schießen in Dezimeterabständen Thujenspitzen rundherum in die Höh.
Esst Scheiße, Leute, Millionen Fliegen können nicht irren!

■■■ *alle wuchern blöde auf jedem noch so schlechten Boden. Charakterlose Stauden. Wann, bitte, sucht sie endlich die Thujenmotte heim?*

Die Phantasielosigkeit in der Thujenzaungestaltung prägt unseren gesamten Lebensraum womöglich viel eindringlicher als die Häusln selbst, weil die vor lauter Thujenhecken ja bald nicht mehr zu sehen sind. Die Thuje ist in ihrer stupid-monotonen Multiplikation zur zeitgenössischen Irrgartenwand der Schrebergärtner geworden. Eine steht neben der anderen, alle schauen gleich aus, alle verzeihen sie widerspruchslos jegliches Zurückstutzen, alle wuchern blöde auf jedem noch so schlechten Boden. Charakterlose Stauden. Wann, bitte, sucht sie endlich die Thujenmotte heim?

Druck- und Verlagsges.m.b.H. Nfg. KG
Achauerstraße 49a
A-2333 Leopoldsdorf
www.agrarverlag.at

Projektleitung: Elke Papouschek, Österreichischer Agrarverlag
Korrektorat: Tina Spiegl
Grafische Gestaltung: Elke Salzer, E 40 Grafik für Druck und Web GesmbH.
Illustrationen: Leonore Geißelbrecht-Taferner
Druck: Gorenjski Tisk, Slowenien

Printed in Slovenia
1. Auflage
ISBN 3-7040-2003-6

Zur Autorin

Ute Woltron, geboren 1966, ist Architekturjournalistin und publiziert regelmäßig in der Tageszeitung *Der Standard* sowie in österreichischen und internationalen Medien.
Sie bewirtschaftet einen rund 3000 m^2 großen Garten im südlichen Niederösterreich und kämpft dabei unverdrossen gegen Dürre, kargen Boden und die Unfruchtbarkeit des Steinfeldes an. Sie betrachtet ihren Garten, den sie schon als Kind zu bewirtschaften half, als wichtigsten Wohn- und Arbeitsraum. Das Gärtnern ist für sie kein Hobby, sondern Lebenseinstellung.